모지스 할머니의 크리스마스 선물

* HAPPY MOSES CHRISTMAS! *

크리스마스 전날 밤이면
사람들이 집마다 찾아가 찬송가를 불렀습니다.
여러 명이 함께 이 노래, 저 노래를 부르면
무척이나 듣기 좋았지요.
그럴 땐 밖에 나가서 뭐라도 챙겨주었습니다.
사탕이나 케이크처럼 아주 달콤한 것들을요.
크리스마스잖아요!

해피 모지스마스!

모지스 할머니의
크리스마스 선물

애나 메리 로버트슨 모지스 지음

류승경 편역

수오서재

겨울은 매서운 날씨가 찾아오는 계절이고,

유리처럼 투명한 얼음 위에서 스케이트를 타는 재미를 놓칠 수 없는 계절입니다.

아침에 눈을 뜨니 한참 눈이 내려 꽤 수북이 쌓여 있었어요.

아버지는 낡고 커다란 빨간 썰매에 말들을 매고 눈밭에 길을 냈지요.

✳

그렇게 아버지가 부엌문까지 썰매를 몰고 오면 우리는 볏짚과 이불을 잔뜩 챙겨

우르르 썰매에 올라타고는 쌩쌩 달려서 큰길에 이르렀고 그다음엔 숲을 가로질렀습니다.

썰매를 타고 눈을 맞으며
숲을 누비는 기분은 정말 최고였어요.
참 행복한 시절이었지요.

✳

다 함께 모여 크리스마스에 쓸 나무를 구하러 갈 때면

얼마나 신이 났는지 몰라요.

크리스마스트리를 꾸밀 상상을 하며
언덕을 미끄러져 내려올 때면
또 얼마나 설레었는지요.

종소리를 들으며
썰매를 타고 신나게 달렸고,
집에 돌아와 보니 불을 지펴두어서
따듯하고 포근했어요.

그러니 감사한 마음을 갖는 게 당연하겠지요.
정말로 감사한 마음이 들었습니다.

＊

눈이 올 만큼 오고 난 뒤 2월이 되면

단풍나무에서 수액을 받아 시럽과 설탕으로 넉넉히 만들었습니다.

숲으로 달려가 수액을 모아 집으로 달려오는 건 아이들에게 큰 즐거움이었어요.

계속 불을 지피는 것도 재미있었고요.

To Mr Harris.
MOSES.

아이들은 그릇에 눈을 담아
설탕으로 변하기 직전의 시럽을 부은 다음
제각기 사탕을 만들어 먹었습니다.
그렇게 실컷 먹었으니 아마 그날 밤엔
달콤한 꿈을 꾸었을 거예요.

아아, 참 그리운 겨울날입니다.

이렇게 한 해,

또 한 해가 흘러가겠지요.

추위는 그리 오래가지 않을 겁니다. 쌓인 눈도 꽁꽁 언 연못도 사르르 녹겠지요.

그리고 다시 봄이 오면 말들은 들판을 달릴 거예요.

내가 기억하는 첫 크리스마스는 네 살 때입니다. 어머니와 아버지는 나와 남자 형제 셋을 리브 이모와 함께 집에 남겨두고 그리니치로 쇼핑하러 나갔습니다. 물건을 사고 돌아온 어머니는 리브 이모를 보며, 산타클로스가 카펜터 씨 가게에 들렀으니 꼭 보고 오라고 귀띔해줬어요. 그 이야길 들은 레스터 오빠는 잔뜩 신이 나서는 스토브 아래쪽을 깨끗이 치우겠다고 나섰지요. 그래야 장난감을 한 아름 든 산타가 스토브 파이프를 타고 내려올 수 있을 테니까요. 산타클로스는 커다란 장난감 보따리를 등에 짊어지고 다닌다는 사실을 일꾼 아저씨에게 들은 터였거든요.

그런데 부엌 스토브는 어머니가 요리하느라 이미 쓰고 있었습니다. 그래서 다른 스토브를 치울 요량으로 응접실에 숨어들었는데 깨끗이 치워져 있지 뭐예요. 하지만 산타가 굴뚝을 타고 내려올 수 있을까 싶을 정도로 파이프가 너무 좁았어요. 결국 레스터는 부엌 스토브가 빌 때까지 기다려야 했고, 오후 늦게야 부엌 스토브 아래 쌓인 재를 치울 수 있었습니다.

아버지와 일꾼들이 방앗간에서 돌아왔고 다 같이 저녁 식사를 했습니다. 아주 긴

><<<<<<<

하루처럼 느껴졌어요. 아직 너무 어렸던 우리 셋은 그날이 무슨 날인지 몰랐거든요. 어머니와 리브 이모가 설거지와 이런저런 일을 할 동안 아버지는 바이올린을 가져와 연주했습니다. 연주에 맞춰 우리 셋은 방 안을 돌며 행진해야 했지요. 아버지는 우리가 자기 전에 운동할 필요가 있다고 생각했거든요. 그런데 정말 재미있었어요. 아버지는 〈조지아 행진곡〉, 〈올드 존 브라운〉, 〈펑! 족제비가 사라지네〉 외에도 여러 곡을 연주해주었습니다. 행복한 시절이었지요.

　나는 형제들 중 아직 어린 호러스와 아서랑 같이 잤는데, 그날 밤 산타가 오리란 걸 알게 되었어요. 산타클로스는 잘 모르는 사람이라 좀 겁이 났어요. 레스터 오빠는 거실 윗방에서 일꾼 아저씨와 같이 잠을 잤고, 그렇게 크리스마스 아침이 밝았습니다.

　아침에 잠을 깨니 부엌에서 웬 소란스러운 소리가 나더라고요. 나는 발이 바닥에 닿을 때까지 이불을 꼬옥 쥐고 침대에서 미끄러져 내려왔어요. 키가 그리 크지 않았다는 뜻이지요. 그건 지금도 마찬가지지만. 아버지가 스토브에 불붙이는 소리가 들렸고 어머니와 레스터가 부엌에서 메리 크리스마스, 하고 인사하는 소리도 들렸습니다. 집 안에 얼마나 좋은 향이 풍겼는지. 거실과 응접실의 문이며 창문 둘레가 솔가지로 꾸며져 있었고 곳곳에 솔송나무도 보였습니다. 솔송나무는 어머니가 제일 좋아하는 소나무지요. 그때부터 나는 솔송나무와 니스 향을 좋아하게 되었어요.

어느새 아침이 준비되었습니다. 식사 도중 레스터가 시계 선반 위에 놓인 개 모양의 작은 도자기 인형을 발견했습니다. 윌리엄 레스터 로버트슨이라고 적혀 있었으니 자기 것이었지요. 그길로 장난감 찾기가 시작되었습니다. 물통 위에는 호러스 그릴리 로버트슨이라 적힌 작은 사냥개 도자기가 있었습니다. 아직 내 것은 나오지 않았어요. 그러다 땅딸막한 개 모양의 도자기를 찾았는데 아서 M. 로버트슨이라 적혀 있더군요. 이쯤 되니 꽤나 속상했지요. 그런데 어머니가 계속 찾아보라고, 그동안 착한 아이였으니 내게도 뭔가를 남겨줬을 거라고 했어요. 나는 어머니 말대로 했습니다. 하지만 아무것도 못 찾았어요.

점심을 먹으러 남자들이 돌아왔을 때 일꾼 아저씨가 내게 말했습니다. 솔가지 뒤에 숨어 창밖으로 자길 쳐다보는 숙녀를 봤다고요. 아니나 다를까, 거기에 애나 메리 로버트슨을 위한 빨간 모자가 있었어요! 빨간 모자가 날 보러 오다니, 정말이지 뿌듯하고 행복했어요. 입고 있는 코트는 또 얼마나 예뻤게요.

크리스마스 이야기를 하려면 한참은 더 할 수 있는데, 시간이 모자라네요.

모지스 할머니가

1922년 2월 8일, 아서 R. 암스트롱에게 쓴 편지와
1952년에 쓴 에세이 〈크리스마스〉 중에서

모지스 할머니

Anna Mary Robertson Moses

'모지스 할머니'로 불리며 미국인이 가장 사랑하는 예술가 중 하나로 손꼽히는 화가인 애나 메리 로버트슨 모지스. 1860년에 태어난 그녀는 12세부터 15년 정도를 가정부 일을 하다가 남편을 만난 후 버지니아에서 농장 생활을 시작했습니다. 관절염으로 자수를 놓기 어려워지자 바늘을 놓고 붓을 들었습니다. 그때 그녀의 나이 76세. 한 번도 배운 적 없이 늦은 나이에 시작한 그녀만의 아기자기하고 따뜻한 그림들은 어느 수집가의 눈에 띄어 세상에 공개되었습니다.

88세에 '올해의 젊은 여성'으로 선정되었고 93세에는《타임》지 표지를 장식했으며, 그녀의 100번째 생일은 '모지스 할머니의 날'로 지정되었습니다. 이후 존 F.케네디 대통령은 그녀를 '미국인의 삶에서 가장 사랑받는 인물'로 칭했습니다. 76세부터 101세의 나이로 세상을 떠나기 직전까지 왕성하게 활동하며 1,600여 점의 작품을 남겼습니다.

고요하고 거룩한 크리스마스.
모든 게 평온하고 모든 게 찬란합니다.
천국의 평화 같은 단잠에 들겠지요.
천국의 평화 같은 단잠에 들 거예요.

모지스 할머니의
크리스마스 선물

1판 1쇄 발행 2019년 12월 12일
1판 6쇄 발행 2024년 11월 11일

지은이   애나 메리 로버트슨 모지스
옮긴이   류승경
발행처   (주)수오서재
발행인   황은희, 장건태
책임편집   마선영
편집   최민화, 박세연
디자인   권미리
마케팅   장건태, 황혜란, 안혜인
제작   제이오
주소   경기도 파주시 돌곶이길 170-2 (10883)
등록   2018년 10월 4일(제406-2018-000114호)
전화   031)955-9790
팩스   031)946-9796
전자우편   info@suobooks.com
홈페이지   www.suobooks.com
ISBN   979-11-90382-08-3 (03840) 책값은 뒤표지에 있습니다.

이 도서의 국립중앙도서관 출판시도서목록(CIP)은
서지정보유통지원시스템 홈페이지(http://seoji.nl.go.kr)와
국가자료공동목록시스템(http://www.nl.go.kr/kolisnet)에서
이용하실 수 있습니다. (CIP제어번호: CIP2019048665)

도서출판 수오서재守吾書齋는
내 마음의 중심을 지키는 책을 펴냅니다.